roman rouge

Dominique et Compagnie

Sous la direction de
Yvon Brochu

Yvon Brochu

Sauvez Henri !

Illustrations
Leanne Franson

**Données de catalogage
avant publication (Canada)**

Brochu, Yvon
Sauvez Henri !
(Roman rouge)
Pour enfants de 6 ans et plus

ISBN 2-89512-223-7

I. Franson, Leanne II. Titre

PS8553.R6528 2001 jC843'.54 C2001-940115-9
PS9553.R6528 2001
PZ23.B76a 2001

© Les éditions Héritage inc. 2001
Tous droits réservés
Dépôts légaux : 3ᵉ trimestre 2001
Bibliothèque nationale du Québec
Bibliothèque nationale du Canada
Bibliothèque nationale de France

ISBN 2-89512-223-7

Imprimé au Canada

10 9 8 7 6 5 4 3 2

Direction de la collection :
Yvon Brochu, R-D création enr.
Éditrice : Dominique Payette
Direction artistique et
graphisme : Primeau & Barey
Révision-correction :
Martine Latulippe

Dominique et compagnie
300, rue Arran
Saint-Lambert (Québec) J4R 1K5
Téléphone : (514) 875-0327
Télécopieur : (450) 672-5448
Courriel :
info@editionsheritage.com

Nous remercions le Conseil des Arts du
Canada de l'aide accordée à notre programme de publication ainsi que la SODEC
et le ministère du Patrimoine canadien.

Gouvernement du Québec –
Programme de crédit d'impôt pour
l'édition de livres – SODEC

À Danielle

Aussi, à ceux et celles qui prennent grand soin de jeunes comme Louis le Grizzli

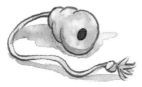

Chapitre 1

Presque le paradis...

Assise dans l'escalier, j'attends Henri.

Je m'appelle Laurence Doucet. J'ai huit ans.

Moi, Laurence, j'ai beaucoup de chance.

J'habite dans une grande ville, mais notre cour, c'est comme un coin de campagne. Derrière notre maison, il y a le fleuve. Chaque matin ensoleillé, on dirait une immense nappe de tout petits

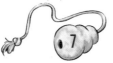

diamants qui brillent. Deux arbres
gigantesques font la garde, juste
devant le muret qui sépare la maison de l'eau. L'été, je me berce
dans un hamac attaché à ces deux
géants. Je regarde longtemps leurs
branches. On dirait deux géants
avec les plus longs cheveux au
monde. Avec des milliers de bou-
clettes qui bougent et brillent sans
arrêt. Le fleuve souffle sur les
feuilles et les rayons du soleil les
rendent toutes brillantes.

Dans ma cour, il y a aussi un
grand jardin et des fleurs partout.

Et ce n'est pas tout !

J'ai deux bons amis : monsieur Loubier et Henri. Tous deux habitent la maison voisine. Monsieur Loubier est vieux et vit seul avec Henri, un gros chien très gentil. Monsieur Loubier me laisse caresser son chien tant que je veux. Il permet à Henri de sauter la clôture pour venir me voir.

Il est si gros, Henri, que d'un seul coup de tête il m'a déjà fait tomber sur le derrière, dans un rang de carottes de notre jardin.

Henri adore m'écouter. Chaque soir, après le repas, il vient me voir. Je le caresse. Juste en dessous des oreilles. Longtemps. Il adore : ses deux grosses billes brunes se

mettent à rouler vers le bas. Quelques secondes plus tard, Henri se laisse tomber à mes pieds. Je m'assois à côté de lui et je lui raconte toute ma journée. Je continue à le caresser. Mais pas trop, il pourrait s'endormir…

Je préfère Henri à monsieur Loubier, son maître. Mais, chut ! il ne faut pas le dire !

Moi, Laurence, j'ai beaucoup de chance.

Chez moi, ce serait presque le paradis, si je n'avais pas un autre voisin…

J'attends toujours Henri.

Soudain, je vois Louis le Grizzli sortir de sa maison.

Ah non !

– Bonyyyour, Lau-Lau-Laurence !

Je fais semblant de ne pas le voir. Je regarde vers la maison de monsieur Loubier et d'Henri.

– Bonyyyour, Lau-Lau-Laurence ! crie Louis.

Impossible de faire semblant plus longtemps. Je connais Louis : il va continuer à hurler et n'arrêtera pas de me dire bonjour.

– Salut, Louis ! que je réponds.

Louis grogne.

Du coin de l'œil, je le vois s'éloigner.

Il me fait toujours penser au gros ours que j'ai vu sur l'ordinateur de maman : un grizzli. Louis marche penché vers l'avant. Sa tête et son bras droit bougent tout le temps. Il parle très fort. Et quand il est content, il grogne. Je l'appelle Grizzli dans ma tête. Mais pas devant les gens !

Louis est un peu plus vieux que moi. Mais il a l'intelligence d'un enfant de trois, quatre ou cinq ans. Papa et maman me l'ont déjà dit.

À l'école, on nous demande de ne pas rire de Louis ni des autres amis de sa classe. La directrice nous dit d'être gentils avec eux.

Mais la directrice n'a pas Louis le Grizzli chaque soir dans la cour d'à côté…

– Ouille !
Le cri me fait sursauter.
Je me retourne.
Ah non ! Pas encore…
De l'autre côté de la clôture,

Louis tient une rose. Il s'est piqué la main avec les épines. Il saute sur place et grimace de douleur.

Je m'approche de la clôture.

– Louis, tu n'as pas le droit de prendre des roses dans notre plate-bande !

Louis ne se plaint plus. Il me regarde droit dans les yeux. Il enfonce le bout de son nez dans la rose. Très profondément. Il prend une grande inspiration. Énorme.

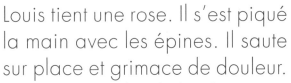

Puis il éternue très fort. J'ai envie
de rire, mais je continue d'avoir
l'air fâché. Il le faut. C'est em-
bêtant, à la fin, de le voir cueillir
toutes nos plus belles roses.

– Sssent bon ! Sssent bon ! Lau-
Lau-Laurence, sssens ?

Il me tend la rose par-dessus la
clôture.

– Non ! que je dis, en prenant
mon air le plus sévère.

Louis fait la moue. Il fixe encore sa rose, un grand sourire sur les lèvres.

Louis aime trop les roses. Quand il en voit une, il ne peut s'empêcher de la prendre. C'est plus fort que lui.

Il ne peut résister à ce qu'il trouve beau. Aujourd'hui, c'est une rose.

Hier, c'était une grosse carotte. Samedi dernier, il a voulu prendre un concombre : il a arraché tout un plan ! Un autre jour, il a tiré sur notre boyau d'arrosage : le jet d'eau est tombé dans sa cour, sur lui ! Il riait aux éclats. Il était tout excité. Il s'est même étouffé.

Quelle chance ont mes amis de ne pas avoir Louis le Grizzli comme voisin…

– Wouaf ! wouaf !

– Ah ! Henri !

Monsieur Loubier et Henri viennent de sortir de la maison.

Ouf ! je vais enfin pouvoir m'amuser.

Je traverse la cour. Je vais raconter ma journée à Henri. Il aime bien que je lui révèle aussi mes secrets. Et chaque jour, j'en ai plein !

Mais… qu'est-ce qu'il a, monsieur Loubier ? Il a les yeux tout rouges…

Chapitre 2

Plus qu'une journée...

Je n'ai plus faim.

Papa et maman n'ont pas de cœur.

– Henri va mourir !

– N'insiste pas, Laurence : on ne peut pas garder ce chien. Ton père est allergique au poil de chien. Et puis, on est déjà à l'étroit chez nous.

– Oui, dit papa. Imagine : Henri allongé sur le divan en train de regarder la télévision, et nous,

assis par terre, sur des coussins…

Papa essaie de me faire rire. Il veut me faire oublier ma peine. Mais je n'ai pas du tout envie de rire.

Tantôt, dans la cour, monsieur Loubier m'a parlé. Samedi soir, il quittera sa maison. Il est trop vieux et malade pour rester seul. Il va vivre dans un appartement, loin d'ici, où il y a toujours des

infirmières. Monsieur Loubier ne
pleure pas parce qu'il déménage.
Il ne pleure même pas parce qu'il
ne peut emmener Henri avec lui.
Il verse de grosses larmes parce
que son chien va mourir. Il a es-
sayé de le donner à des gens de
sa famille, à des amis.

Mais personne n'en veut.

Samedi matin, des gardiens
pour animaux vont venir chercher

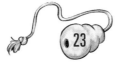

Henri. Ils vont le tuer. « Sans lui faire de mal », m'a dit monsieur Loubier. Ce qui n'empêche pas monsieur Loubier d'avoir très mal. Il a les yeux tout rouges. Il a dû beaucoup pleurer. C'est qu'il l'aime, son chien.

Et moi aussi !

– Laurence, où vas-tu ? Tu n'as pas terminé ton repas.

– Je n'ai plus faim !

– Laurence, reste à la table…

Je fais comme si j'avais l'intelligence d'un enfant de trois, quatre
ou cinq ans : je n'écoute pas.
J'imite Louis le Grizzli…

– Laurence, où vas-tu ?

– Parler à Henri ! Lui dire que
vous allez le laisser mourir !

Je sors de la maison.

Henri n'est pas là.

Je regarde le fleuve. Il disparaît

très vite derrière mes larmes. Il y a plus d'eau dans mes yeux que dans tout le fleuve.

– Bonyyyour, Lau-Lau-Laurence !

– Ah ! toi, ne me parle pas !

Louis ouvre de grands yeux. Je vois qu'il a peur. Ou qu'il est triste. Je regrette d'avoir crié aussi fort, mais je suis tellement malheureuse.

Après-demain, ils vont venir
chercher Henri.

Le corridor de l'école est toujours vide. Je sors ma dernière
affichette de mon sac à dos.

– Vite, Laurence ! que je mur-
mure. La cloche va sonner. Les
élèves vont entrer dans quelques
secondes.

Je mets de la colle au dos de
l'affichette. Je n'avais pas de gom-
mette chez moi. J'ai les doigts tout
collés.

– Ouf ! ça y est !

Mon affichette est fixée sur la
porte de la directrice. Le chien que
j'ai dessiné me regarde. Au-dessus
de sa tête, j'ai écrit en grosses
lettres : « SAUVEZ HENRI ! » Sous le

chien, qui ressemble à Henri, j'ai mis le numéro de téléphone de monsieur Loubier. Les sept autres affichettes que j'ai faites sont déjà collées sur d'autres portes. Plein de jeunes les verront. Peut-être que quelqu'un va appeler mon voisin. Peut-être que quelqu'un va adopter Henri. Peut-être que mon ami Henri ne mourra pas…

J'entends des pas derrière moi.

J'ai peur : c'est défendu de coller des affiches sur les portes de l'école. Mais, je n'ai pas trouvé de meilleure idée. Moi, Laurence, je veux sauver Henri. C'est demain matin qu'ils doivent venir le chercher pour…

– Bonyyyour, Lau-Lau-Laurence !

Je me retourne brusquement. Je vois Louis le Grizzli et sa mère. La mère de Louis s'occupe beaucoup

de son fils. On la voit à l'école chaque fois que la classe de Louis fait une sortie.

– Bonjour, Laurence ! dit-elle.

– Euh…

– Que fais-tu ici ? me demande-t-elle gentiment. La cloche n'a pas sonné…

Tout à coup, j'ai très peur.

Je cours vers la sortie de toutes mes forces.

Derrière moi, j'entends crier :
« Cours, Lau-Lau-Laurence ! Cours,
cours, cours… »

Les autres élèves sont en classe,
maintenant.

Ils ont sûrement tous vu mon
Henri sur les portes.

Mais moi, Laurence, je suis assise dans le bureau de la directrice. Elle a vu Henri, elle aussi…
Sur sa porte !

Je suis très fâchée. La mère de Louis a tout raconté à la directrice, c'est certain !

– Ma petite Laurence, je crois qu'on va devoir se parler.

La directrice n'a pas l'air contente. D'habitude, elle sourit. Ce matin, elle garde les deux lèvres bien fermées. Bien pincées. Je me sens toute mal. Plus mal encore que lorsque je m'apprête à commencer une dictée.

—Je sais que tu aimes beaucoup le dessin, et aussi les chiens. Mais de là à retrouver tes dessins partout sur les portes de l'école, avec plein de colle... Laurence, je crois que tu me dois quelques explications.

— C'est Henri, madame, mon voisin ! C'est un chien, et monsieur Loubier...

— Lentement, Laurence, fait madame la directrice. Je veux être sûre de bien comprendre.

Je prends une grande inspiration. Puis, je recommence, plus lentement.

Chapitre 3

Henri, où es-tu ?...

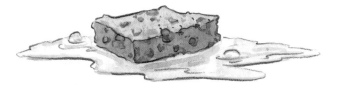

C'est samedi matin. Il est midi. Je suis toute triste.

Je reviens de l'école. J'ai nettoyé chaque porte où j'avais placé une affichette. C'est la punition que m'a donnée la directrice. Mais elle a été très gentille : elle a accepté de laisser mes affichettes sur les portes toute la journée d'hier.

J'aime presque mieux m'être rendue à l'école ce matin ! Durant

tout ce temps, j'ai moins pensé à Henri. Si j'étais restée à la maison, j'aurais vu les gardiens d'animaux venir le chercher.

À moins que…

Je m'arrête devant la maison de monsieur Loubier. Je me dirige vers l'arrière. Je passe près de la porte du côté : les rideaux ne bougent pas. D'habitude, Henri sent que

je suis là et les fait remuer. Mon
cœur se serre.

Je continue jusqu'à la cour.

La niche n'est plus là !

Mon cœur fait de gros boums !
Il va exploser, c'est certain.

Je cours à la maison en pleurant.

Je n'ai pas pu sauver Henri !

Couchée sur mon lit, je pleure depuis de longues minutes, incapable d'arrêter. Mon oreiller est tout mouillé. Dans ma tête, je vois tout le temps Henri…

Je n'ai jamais été aussi malheureuse.

– Wouaf ! wouaf !

Je cesse vite de pleurer pour mieux écouter.

– Wouaf ! wouaf !

D'un bond, je saute en bas du lit.
– Henri !

Je fonce vers la cuisine, tout excitée. Je glisse sur le bois franc. Je me cogne un genou sur une chaise. J'ai mal, mais ce n'est pas grave. Je file vers la porte et je sors de la maison. Je regarde dans la cour de monsieur Loubier. Puis, partout autour.

Rien…

Les larmes envahissent mes yeux une fois de plus.

Mais où est-il ? Est-ce bien Henri qui a jappé ?

Moi, Laurence, je ne suis plus certaine de rien. J'ai pu me tromper. C'était peut-être un autre chien…

– Bonyyyour, Lau-Lau-Laurence !

– Wouaf ! wouaf !

Je me retourne.

– Henri !

Henri est avec Louis, près de la clôture. Louis a passé le bras autour du cou d'Henri. Vite, je m'approche d'eux.

– Henyyyi à Louis… Henyyyi, cadeau maman !

Louis arrête de parler et me lance un beau sourire.

Moi, Laurence, j'ai beaucoup de chance.

La mère de Louis a vu mon affichette à l'école. Elle cherchait un chien pour Louis. Pour qu'il soit moins seul. Elle a appelé monsieur Loubier le samedi matin et elle a adopté Henri tout de suite. Monsieur Loubier, lui, est parti pour sa nouvelle maison sans avoir trop de peine. Il m'a laissé son

adresse. Je vais lui donner des nouvelles. De moi, de Louis et d'Henri, surtout.

Moi, Laurence, j'ai beaucoup, beaucoup de chance.

Quand Louis est avec Henri, il n'est plus comme avant. Il est plus calme. Il ne bouge plus autant la tête. Il crie moins souvent, aussi. Et il ne grogne presque plus : il ronronne plutôt, comme un chat !

Plus jamais, dans ma tête, je ne l'appelle Louis le Grizzli.

Et ce n'est pas tout !

Chaque soir, Louis et sa mère laissent Henri venir dans ma cour, comme le faisait monsieur Loubier. Et moi, je laisse Louis venir avec Henri. Je ne comprends pas encore très bien tout ce que Louis me dit. Ce n'est pas grave, car j'ai découvert que Louis aime m'écouter. Il adore mes histoires. Plus qu'Henri, même !

Chaque soir, tous deux m'écoutent. Je leur parle de ma journée, de mes secrets…

Quand je raconte des histoires tristes, Louis imite Henri : comme lui, il roule de gros yeux tout malheureux… et chaque fois, je pouffe de rire. Louis le fait exprès, j'en suis sûre !

Maintenant, je préfère Louis à Henri, mais chut ! il ne faut pas le dire. Henri serait trop jaloux…

Dans la même collection